AF349919

Vente du Samedi 28 Décembre 1872.

SALLE N° 2.

JOLIE RÉUNION

DE

BIJOUX ANCIENS

DIADÈME EN BRILLANTS

TABATIÈRES — SCULPTURES

MATIÈRES PRÉCIEUSES

ÉMAUX ET MINIATURES

EXPOSITION PUBLIQUE :

Le Vendredi 27 Décembre 1872

Mᵉ CHARLES PILLET
COMMISSAIRE-PRISEUR
10, rue de la Grange-Batelière.

M. CH. MANNHEIM
EXPERT,
7, rue Saint-Georges, 7.

CATALOGUE

D'UNE JOLIE RÉUNION

DE

BIJOUX ANCIENS

Beau Diadème en brillants;

Tabatières et Bonbonnières — Sculptures

Matières précieuses et Matières dures — Émaux et Miniatures

DONT LA VENTE AURA LIEU

HOTEL DROUOT, SALLE N° 2,

Le Samedi 28 Décembre 1872

A DEUX HEURES.

Par le ministère de Me **CHARLES PILLET**, Commissaire-Priseur,
10, rue de la Grange-Batelière.

Assisté de M. **Charles MANNHEIM**, expert, 7, rue Saint-Georges,

Chez lesquels se distribue le présent Catalogue.

EXPOSITION PUBLIQUE : *Le Vendredi 27 Décembre 1872*

DE UNE HEURE A CINQ HEURES ET DEMIE.

Elle sera faite au comptant.

Les adjudicataires payeront *cinq pour cent* en sus des enchères.

L'exposition mettant le public à même de se rendre compte de l'état des objets, il ne sera admis aucune réclamation une fois l'adjudication prononcée.

Paris. — Typ. Pillet fils aîné, rue des Grands-Augustins, 5.

DÉSIGNATION DES OBJETS

TABATIÈRES & BONBONNIÈRES

1 — Grande et belle boîte ovale en or guilloché émaillé gris perle, à cordons ciselés à feuilles de vigne, et enrichie de réserves émaillées bleu turquoise. Le dessus de la boîte est orné d'une jolie peinture sur émail représentant l'Amour peintre. Époque Louis XVI.

2 — Jolie boîte ovale en or émaillé, décorée de paysages en camaïeu sur fond opalin, et à cordons finement ciselés en relief et émaillés. Époque Louis XVI.

3 — Belle boîte ovale en or de couleur ciselé à ornements et à médaillons décorés de sujets de chasse et de trophées d'armes. Époque Louis XV.

4 — Bonbonnière en platine et argent, ornée de deux médaillons niellés.

5 — Tabatière carrée en poudingue, montée à gorge à charnière en or.

6 — Tabatière ronde en écaille, ornée d'une miniature genre Blaremberghe, avec cercle en or.

7 — Bonbonnière forme ballon en écaille piquée d'or.

8 — Boîte ronde en fer ciselé à sujets de combat.

9 — Bonbonnière modèle ballon en cristal de roche taillé à écailles.

10 — Bonbonnière ronde en ivoire avec émail sur or et perles fines.

11 — Bonbonnière en prime d'améthyste gravée en guise de vannerie.

12 — Deux pièces : boîte ronde en cuivre repoussé et doré ; le dessus est garni d'une plaque d'agate, et cuvette de boîte en prime d'améthyste.

13 — Tabatière en poudingue taillé à cuvette et montée en argent doré.

BIJOUX

14 — Beau diadème formé de six épis en brillants. Ces épis se démontent et peuvent former épingles de coiffure.

15 — Joli couteau Louis XVI à manche en or émaillé gros bleu et à médaillons attributs, amours et fleurs.

16 — Etui en or de couleur ciselé à feuilles de vigne. Époque Louis XVI.

17 — Deux jolis panneaux en vernis de Martin sur fond d'or, représentant l'Hiver et l'Eté d'après Eisen.

18 — Timbale en argent repoussé et doré à ornements rocaille et sujets de chasse. Époque Louis XV.

19 — Boîte à mouches en argent ciselé et doré, décorée de figures et d'ornements.

20 — Trois petites coupes en argent. Travail allemand. XVIIIᵉ siècle.

21 — Coupe à anse plate en argent repoussé à figures.

22 — Croix en argent montée de topazes roses et d'un Christ peint sur émail.

23 — Médaillon en or et émeraudes, renfermant une figure d'enfant couché en or émaillé.

24 — Broche en or ornée de roses et renfermant le portrait de la reine des Belges peint en miniature.

25 — Neuf petites plaques d'or portant en émail les noms de personnages célèbres.

26 — Cachet en forme de perroquet, en caillou d'Egypte,
monté en or avec camée et scarabée en lapis.

27 — Bijou Louis XIII en or émaillé et perles fines.

28 — Grand et beau camée ovale sur sardonyx oriental, représentant un buste d'empereur romain. Monture en or.

29 — Deux plaques en émail de Limoges; peintures co-
loriées représentant Junon et Mercure.

30 — Deux piédouches en argent, l'un d'eux repoussé à
feuillages et l'autre ciselé à figures.

31 — Bijou Louis XIII en or émaillé et pierres fines, enrichi de draperies.

31 *bis*. — Un cippe en ivoire ; Bacchante et Amours. Travail moderne.

32 — Petit médaillon rond en buis sculpté : buste de
GEORGES ELENT.

32 *bis*. — Un grand coffret en ivoire sculpté, orné de
figures en relief. Très-beau travail moderne.

33 — Cuiller du xvi⁰ siècle en ivoire sculpté à mascaron·

33 *bis*. — Un petit retable en ivoire représentant les Trois
Vertus théologales. Travail moderne.

34 — Cuiller en argent.

35 — Trois pièces : Deux pommeaux de canne en fonte et
une figurine en bronze.

36 — Pommeau d'épée en fer finement ciselé et portant des traces de damasquinure. Travail du xvi⁰ siècle.

37 — Encadrement ovale en fer damasquiné d'or.

38 — Deux poignards : l'un à manche d'ivoire sculpté à tête humaine et incrusté.

39 — Broche formée d'une plaque de verre incrusté de figurines, d'arbustes et d'oiseaux en or gravé. Ancien travail de l'Inde très-curieux. Monture en argent doré.

40 — Grand bijou à plaque en or gravé et émaillé du xvi⁰ siècle, enrichi de perles et pierres fines. Une figure de Neptune en or émaillé a été rapportée sur le fond.

41 — Parure en or finement gravé et repercé à jour, enrichie d'émeraudes. Elle se compose d'une plaque de corsage, d'un bracelet et de deux pendants d'oreilles. Époque Louis XIII.

42 — Épingle formée d'un buste de négresse en onyx, montée en or et enrichie de diamant, rubis, émeraudes et perles.

43 — Reliquaire formé d'une figurine de Vierge debout en or massif.

44 — Reliquaire à double face en or repoussé et ciselé à coquilles, ornements et figures. Époque Louis XIV.

45 — Cachet breloque en or ciselé, renfermant une petite boîte à musique.

46 — Bague en or; le chaton renferme une miniature sur ivoire. Portrait de Van Dyck.

47 — Vingt jolis petits camées sur coquille; portraits de rois de France.

48 — Neuf camées divers.

49 — Plaque en fer repoussé; saint Georges terrassant le dragon. Travail moderne.

50 — Médaillon ovale en bois sculpté ; buste en bas-relief du pape Pie VI.

51 — Grand socle en bois, peint à l'imitation de lapis et garni d'ornements en argent repoussé et doré.

52 — Deux socles carrés en granit rose oriental, avec moulure en bronze ciselé et doré. Époque Louis XVI.

53 — Petite plaque d'émail de Limoges; buste de saint Bruno encadré d'ornements en relief.

54 — Deux médaillons ronds en bronze, d'après Clodion; nymphes et enfants.

55 — Statuette en ivoire; saint Sébastien martyr xviie siècle.

56 — Statuette en ambre sculpté. La Vierge debout portant son divin fils assis sur son bras gauche. xvie siècle.

57 — Statuette de guerrier debout, exécutée en perles ba-
roques et argent doré, sur socle en malachite en
argent ciselé et doré.

58 — Plaque en ancienne porcelaine de Sèvres, pâte dure,
de forme rectangulaire, offrant au centre le buste
de Marie-Antoinette rapporté en biscuit et décorée de
fleurs et d'ornements d'or. Au-dessous du buste on lit
les quatre vers suivants :

> De notre auguste souveraine,
> L'amour du peuple fait la Loy ;
> François, vous voyez votre Reine
> Des mêmes yeux que votre Roy.

MATIÈRES PRÉCIEUSES & DURES

59 — Jolie coupe ronde sur piédouche, en porphyre rouge
oriental, avec plinthe de même matière.

60 — Coupe de forme oblongue à couvercle en serpentine
noble, garnie d'une monture en bronze doré. Époque
Louis XVI.

61 — Coupe modèle coquille en cristal de roche, montée
sur pied à balustre et décorée de feuilles de vigne gra-
vées.

62 — Coupe de même forme et montée en argent à figure
ciselée.

63 — Gobelet en cristal de roche, sur pied à balustre.

64 — Piédouche en cristal de roche, modèle à balustre.

65 — Petit vase à couvercle en cristal de roche, gravé à ornements et monté en argent doré et émaillé.

66 — Deux petites baignerolles en porphyre rouge oriental.

67 — Deux grands vases de forme ovoïde en granit, garnis d'une monture de style Louis XVI en bronze doré.

68 — Trois coupes en cornaline et une coupe en onyx d'Allemagne.

ÉMAUX & MINIATURES

69 — Petit médaillon rond émaillé sur or et représentant une apothéose.

70 — Autre médaillon rond peint sur émail ; la becquée.

71 — Médaillon rond peint sur émail et encadré d'or représentant une corbeille de fleurs.

72 — Cuvette de montre émaillée, représentant une marine.

73 — Cuvette de montre en or émaillé, représentant à l'extérieur le sujet de Joseph et Putiphar et à l'intérieur un paysage.

74 — Médaillon ovale émaillé sur or: Portrait de Mme de Grignan.

75 — Médaillon ovale émaillé sur or : Portrait du duc de Roquelaure. Il est monté dans un cadre en or.

76 — Portrait d'homme peint sur émail. Personnage inconnu.

77 — Médaillon ovale peint sur émail : Portrait de Lady Fust, signé Lewis.

78 — Médaillon ovale peint sur émail : Un pierrot.

79 — Médaillon peint sur émail, représentant Suzanne et les vieillards.

80 — Cinq petits médaillons peints sur émail, provenant d'une châtelaine et représentant des fleurs.

81 — Joli médaillon ovale peint sur émail et représentant une scène d'intérieur, d'après Greuze.

82 — Médaillon à double face en émail de Limoges, représentant des saints personnages.

83 — Grande et jolie miniature gouachée sur vélin représentant un parc au bord de l'eau, ainsi que quantité de petites figures en costumes du temps de Louis XVI. Le roi nous semble avoir été représenté assis au pied d'un arbre. Signé : J. V. Blaremberg.

84 — Deux miniatures, l'une d'après Boucher et l'autre
d'après Klingstett.

85 — Portrait de femme peint sur émail. Elle est vêtue de
noir.

86 — Portrait de Mme de Maintenon ; émail sur or.

87 — Portrait de femme en costume de l'époque Louis XIV,
peint sur émail et sur or.

88 — Peinture sur émail et sur or ; Vénus et Amour.

89 — Peinture sur émail ; Vénus et ses compagnes.

90 — Émail de forme ronde ; Jeune femme et oiseau.

91 — Quatre miniatures sur ivoire de forme rectangulaire, peintes en grisaille, représentant des sujets
d'après Raphaël. On lit au bas de chacune d'elles :
D'après le dessin de Raphaël de la collection du prince
Charles de Ligne.

92 — Portrait d'un des enfants de Rubens ; jeune fille
très-finement peinte à l'huile sur cuivre.

93 — Jolie miniature sur ivoire d'après le Titien ; figure
de femme couchée.

RED. :

20

MIRE ISO N° 1
NF Z 43-007
AFNOR
Cedex 7 92080 PARIS LA DEFENSE

graphicom

0 1 2 3 4 5 6 7 8 9 10